Je suis capable!

Pour Mikaela

Catalogage avant publication de Bibliothèque et Archives Canada

Pelletier, Dominique, 1975-

Je suis capable! / Dominique Pelletier.

ISBN 978-1-4431-2595-6

1. Apprentissage expérientiel--Ouvrages pour la jeunesse. I. Titre.

BF318.5.P45 2013   j153.1'524   C2012-906897-7

Édition publiée par les Éditions Scholastic, 604, rue King Ouest, Toronto (Ontario) M5V 1E1.

5 4 3 2 1   Imprimé au Canada 119   13 14 15 16 17

MIX
Paper from
responsible sources
FSC® C103113

10%

Sauf finir
le brocoli!

Nous pouvons tout faire!

Je suis capable!

Prendre mon bain?

Je suis capable!

Attacher mes souliers?

Je suis capable!

M'habiller tout seul?

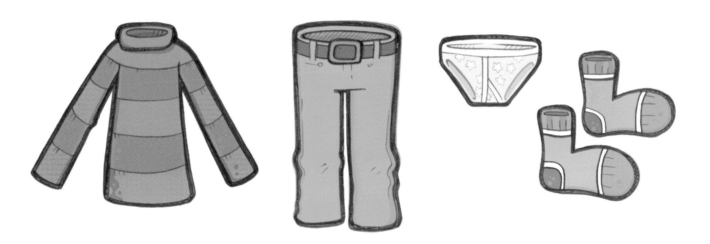

Je suis capable!

Arroser les fleurs?

Je suis capable!

Aller aux toilettes?

Je suis capable!

Me brosser les dents?

Je suis capable!

Nourrir le chat?

tout faire!

et je peux

Je m'appelle Olivia...

Je m'appelle Gustave...

Je suis capable!

Dominique Pelletier

Éditions
■SCHOLASTIC